遅速あり

三枝昂之歌集

砂子屋書房

＊目次

壱　二十日月
プールサイド　13
日向あくがれ　19
木の根かやの根　23
多摩川きさらぎ　32
故郷あり　37
二十日月　39
島山　44
茂吉　52
八十年後の夏　57

啄木　62
（一）百年前の男　62
（二）一禎　65
銀杏黄葉の道　69
蛇笏　73
なずな粥　77
叶う夢、叶わぬ夢　82
一枚という永遠　85

弐　春隣り

時間を積む　91

（一）みほとけの国　91
（二）重治　96
（三）去年今年　100
春隣り　104
季語をもつ国　109
種まきて待つ　117
本をめぐるもの想い　123
戦後七十年目の夏に　128
オルガン　132
十五万石　136
酒を愛でる歌　139

参　うりずん

方舟　145
湖水伝説　158
遅速あり　163
百一歳　169
柏崎驍二に会いにゆく日　173
梅をめぐる物語　179
よきもの　188
すずかけ——萩原慎一郎へ　192
筋トレ　197
告げる人、うなづく人　202

日々のときじく 207
（一）沖縄――二〇一七年二月 207
（二）多摩丘陵 216

四　またここから

肩に降る雪 223
花びらを追う 226
けんこん――囲碁本因坊戦二〇一八年 229
巨樹――日本詩文書作家協会「書と短歌」のコラボ 240
山梨県立美術館創立四十周年賀歌 241
地上の人 242

気仙沼年々——また、ここから 250
（一）昼の月——東国二〇一一年三月 250
（二）枝垂れ桜——気仙沼二〇一一年 255
（三）クロネコ——多摩丘陵二〇一三年 259
（四）秋明菊——気仙沼二〇一四年秋 260
（五）笹かまぼこ——気仙沼二〇一八年秋 266
あんずの日々、金木犀の日々——平成じぶん歌 274
あとがき 291

装本・倉本　修

歌集　遅速あり

壱　二十日月

（平成二十二年～二十五年）

プールサイド

食べること飲むことそして歩くこと冬陽のように人恋うること

ドリップをしてグァテマラを香らせる世の片
隅の午前十時に

世間ではもう使われぬMOを挿して呼び出す
昨日のわれを

五千から二十首選ぶ　わが好み人生にやや傾きながら

刻んだのは水楢の幹だったはず藤村操の「巌頭之感」は

十二年前の教え子寄せ書きの中の二人はこの世に居らず

新米が届きて思う刈田という広さに帰る関東平野

六百年のたぶの木蔭で整えるウォーキングの
いつもの息を

アンチエイジングは父の知らざる言葉にて朝
夕われもひそかに励む

左右息継ぎながらまた左どこも目指さぬ夜の
クロール

『プールサイド小景』というむかしあり一歩
一歩の男が見える

日向あくがれ

われよりも八年のちを老いる人古語をこよなく愛おしむ人

アルペジョーネは人の祈りに近き声むかしの
恋をひとときき歩む

坂下の南天桐が朱をきわめ明日よりは今日、
今日の一心

焼酎を氷にそそぎ冬淡し午後のひかりへグラスを上げる

祈る恋浮き名立つ恋いつの世もかたわらにいる樋口一葉

溶けてゆく氷の音に目を閉ざす「日向あくがれ」しばらく独り

木の根かやの根

若木まだ枝細けれど冬芽あり山河を染めるさきがけとして

人の世の「イヌ」という名の外に立ちこのイヌシデは幹うつくしき

くぬぎは深くコナラは浅く身を鎧い樹の肌に樹の温かみあり

里山に木の葉すくいて挙がる声おのこごの声
その父の声

丸はくぬぎ、のっぽがコナラ　おのこごはど
んぐりの声たしかめながら

年々を街へと変わるこの丘にコナラは返す木
の実木の葉を

丘の辺に三十年を重ねたり薬の数を二つ増や
して

ここが故郷であるかのように如月の樹々の高
さを風が響《な》りたり

厄地蔵さんも終わりましたとメールくる雪嶺
著《しる》き甲斐の国から

「やくじぞうさん」は厄地蔵さんと後《のち》に知る
母と詣でしやくじぞうさん

青山《せいざん》のことはさておきさがみ野の木の根かや
の根となるのかどうか

迫り上がり御神渡りとなる夜のニュース去年《こぞ》
みまかりし人の氷湖が

風評という紙つぶて二度読みてわれはこの世
の机上を拭きぬ

子の部屋の棚に残れる四六版『世界でもっとも美しい10の科学実験』

日時計で世界を測る男あり雨が十年続いただろう

なぜ光は波であるのか鉛の玉で地球の重さは
なぜわかるのか

屋根の雨梅の木の雨さまざまな卒業ありてメ
ールを閉じる

多摩川きさらぎ

風を生むクロスバイクと漕ぐ脚とひかり隈なき河口へ走る

フルートを吹く男、少年の凧《いかのぼり》遠景に立つ富士
のしろがね

河口まで三十二キロ堰提はコサギ三羽を置き
てせせらぐ

それぞれの心のままに空を抱く春まだ遠きコ
ナライヌシデ

切る風の強さを徐々に上げてゆく今日が遠の
くそんな気がする

宿河原過ぎて河口へ二十キロ紅梅白梅寒そう
に咲く

いちはやき春の河口が見えるはず父と息子の
肩車あり

空へ空へ窓積み上げてゆく孤独ガス橋見えて
残り十キロ

水平線が目覚める気配潮の香に身体髪膚透り
たりけり

故郷あり

『若菜集』のりんごスメタナの「わが祖国」
致し方なく遠のきしもの

この国に日高見という故郷あり春の光を抱く
水辺の

やはり桜の下で飲もうか輪になれば亡き友垣
もきっとくるはず

二十日月

ペーパーゴミ四つ束ねて捨てに行くそこから
土曜の朝がはじまる

翁ともいまだ若しとも鏡中の人はあしたの歯を磨きおり

むきむきに角のとれたる消しゴムの出番少なき大小三つ

手に載せてまず一キロを確かめて連れ合いと
食む新高梨を

世に疎く暮らす机辺にも届きたる歌びとたち
の離合集散

歩くこともつとめの一つ丘陵のえのころぐさ
に誘われ歩く

二十日月の明るさを言うメールありいつの世
も人は人に告げたき

雨音がつつむおとこのうしみつにこむら返り
という不思議あり

島山

うなさかの記憶であろう海へ来て「ああ、うみ」と人はまず洩らしたり

岸に待つ暮らしがあればひと筋の水脈《みお》を広げて帰りくる船

風さやぐ沖に「固有の領土」ありて竹島といい独島《ドクト》ともいう

まず風が、それから鳥が、やがて人が、はるか遅れて国が来し島

柳田國男『海南小記』にまぼろしの島をみた人々の話がある

おみな一人鍋を忘れて残りたる波照間のはての南波照間

まぼろしが沖へ沖へと櫂を漕ぎ島は切ないて
のひらである

波照間は「はてのウルマ」の果ての島、はて
のむこうにはてはあるのか

出発はおとずれぬ島、水平線に点ずる影を母が待つ島

「おもろ」とは思うの意味の「ウルム」にて思う「ウルマ」のはじめの空を

青空をデイゴが赤く染める島、鉄の暴風が吹き荒れる島

死者あれば花を手向ける他はなく夏の終わりの日傘をひらく

夏草の深きこの国に富士あれば川を越すとき
まず望みたり

実朝がマッカーサーが今日われが仰ぐさねさ
しさがみの茜

沖縄の風を感じる　急がない男になれとうり
ずんの風

茂吉

遠き世の花たちばなの人となるほととぎす啼
く声に目ざめて

神奈川近代文学館・斎藤茂吉生誕１３０年記念企画展「茂吉再生」

菊名にて乗り換え茂吉に会いに行く少年日記の中の茂吉に

〈四時ニ起キ川ニ身ヲ洗ヒ宿題ヲナシ庭掃除ナス〉

なりがたきことをし遂げる　勉強はかくあるべしと言いたげな文字

〈五時十分頃起キ絵ヲ画キ修身ヲ読ミ万国戦史ヲ読ム〉

利かん気な口元が見えああ明治守谷少年の八月の日々

「書斎はねえんです」写真の男は答えおり横積みの本に囲まれながら

水甕が湛える水を思わせて守谷いく遠き刀自
のまなざし

葦原の昭和を生きしみちのくの農の子の声臣
民の声

「横濱人《はまじん》」で「十四代」を酌み交わし茂吉づ
くしのひと日を閉じる

なお遠き歌の奥処《おくど》を思うときいよよ年々斎藤
茂吉

八十年後の夏

軍事訓練正科に入れし高女あり「短歌研究」創刊の年（昭和七年）

百日紅《ひゃくじっこう》は昭和の赤さ『紺』に咲き『百乳文』に咲きわが庭に咲く

「短歌研究」はまず『短歌講座』の月報としてスタートした

「歌壇なるものは何か」とはじめたり月報一号白秋の問い

何んといふ遠い景色を眺めゐるああ何も見えぬ何んにも見えぬ　前川佐美雄

見えぬもの見るためやがて目を閉ざす昭和七年の前川佐美雄

昭和七年の流行語大賞は「天国に結ぶ恋」だろう

三日ほど涙をながしおもむろに〈大陸雄飛〉の心にもどる

啄木論四、五百枚を書き下ろす東村の予定は
いかになりしや

二十六年の起伏の多さ啄木は百年のちもわれ
を走らす

湧く雲の大観覧車など見て過ぎし東京湾の束の間の夏

全国歌会三つめぐりて夏果てぬ「歌壇なるものは何か」を思い出しつつ

啄木

（一）百年前の男

透明人間になりたき男、この国を百年前に見捨てた男

死ぬのではない、殺されるのだ　まならに
どんな男が立っていたのか

啄木居士となりたる男　東京がさくらに染まる四月であった

結核という近代のほのぐらさ子規を盗り啄木
を盗り節を盗りぬ

手間暇のかからぬ歌の幸福を説きてよろしき
明治の男

もう少し生きておのれを省みる日々を持つべき男でもあった

㈡一禎

渋民を遠く離れてこの父は土佐の昭和を二年生きたり

歌碑となる啄木父子に逢いにゆく黒潮騒ぐ土佐の高知へ

まことよし　一拍詰めて「まっこと」と土佐の男がわれに笑むとき

二十六歳、七十八歳睦まじく歌並びたり緑色
岩に

子が知らぬ子の名声を見とどけて土佐の御空
に還りたる人

のど飴をふた粒なめる　啄木の「大切な言葉」
をしばし待たせて

銀杏黄葉の道

青春に見ない見えないもの多しああこんなにも銀杏の早稲田

草原の遠きかがやき　地下書庫にワーズワース が吾を呼びとめる

地を染めてあたり構わぬぎんなんの匂いのなかの政経学部

大隈庭園に若きら遊ぶ滅びやすき秋分過ぎの
ひかりとなりて

何によるこころであろうひとり仰ぎ友らと仰
ぐ時計台あり

銀杏には夕日がふさう鉄幹の相見し歌のなかの金《こん》色《じき》

かまきりが柿の落ち葉に身を寄せる世を見尽くした姿でもある

蛇笏

銀杏黄葉はぜの紅葉の文学館今日は蛇笏に会
いにゆくため

われの齢の飯田蛇笏がぬっと立つ一所一生の
その面構え

文芸というときじくや風鈴が鳴れば昭和の蛇
笏が浮かぶ

「はっかけばばあ」と囃すとき幼きわれが居る彼岸花咲く甲斐が嶺の野に

歯っ欠けであって葉っ欠けでもあってよろしき甲斐の「はっかけばばあ」

汝が父の寡黙を生きよとふるさとのえのころぐさが光を散らす

連山を持つ幸福を思わせて蛇笏あり龍太あり甲斐の国あり

なずな粥

まず水をてのひらに受け口そそぎ鏡の人は元
旦となる

数の子を食む音立ちぬ父母祖父母見守る遺影
なきこの家に

風よきか一月三日凧上がる彼方此方の空の青
さに

思うことなきにもあらず病弱な甲斐のおのこが古稀となる空

少年の富士子育ての富士ありて相模の果ての富士を見に行く

六百年一所に立ちて冬空に余剰を持たぬ大銀杏あり
（遊行寺）

七草に六つ足りないなずな粥仮のこの世に二人して食む

なずな粥一年一年という暮らし鵯《ひよ》やメジロに
覗かれながら

叶う夢、叶わぬ夢

行き泥む日々はあれどもそれはそれ初雪が舞
う新成人に

あした舞い丘をほのかに染める雪午後の光と
なりて溶けゆく

叶うことたぶんなき夢叶う夢ありてよろしも
若きを目守《まも》る

甲斐が嶺の枯露柿を食み粉《こ》をこぼす多摩丘陵

の夜の机上に

一枚という永遠

二度と繰り返したくない　目を遠く泳がせた
のは誰であったか

かたわらに居たのだろうか逝く水の面影橋の
春のひととき

〈革命と恋〉という遠きこころざしもとより
夏草ばかりであった

どこまでも行きてどこにも届かざる青春とい
う一樹のさくら

乳母車にははなびらが寄る　若き日の紆余曲折
の続きであろう

灯の下にワインを抜いて子となごむ青春はこ
の卓を知らない

一枚の永遠ありてはつなつのみどりの中をは
にかむひとり

弐　春隣り

（平成二十六年～二十七年）

時間を積む

（一）みほとけの国

ぎんなんを大叔母が拾い祖母が拾いそれから
長い冬の夜咄

ああ東《ひがし》郡《ごおり》の出だねサイグサと名乗れば返す甲
斐の翁は

三枝《さいぐさ》のなかの幸草《さきくさ》声に出すときよみがえる遠
き甲斐あり

目を閉じて甲斐の盛衰目守《まも》りたり大善寺薬師
如来坐像は

少年のわれの時代も山峡の日川は三日血川と
呼ばれき

栖雲寺《せいうんじ》は山深き寺蕎麦切りの発祥の地といしぶみが立つ

炭を焼き蕎麦を育てて祖父《おおちち》は鳥獣蟲魚とともに生きたり

いかにして天目山に根付きしか転げるまでの
斜面にすがり

遠くないえにしもあろう民宿にさいぐさ荘が
あれども寄らず

山峡を行き交う〈交《か》い〉の国にして甲斐は隠《こも》れるみほとけの国

（二）重治

散りやまぬ銀杏のような夕べありまた読み返す「五勺の酒」を

返信は届かぬままの物語「五勺の酒」にいまも降る雪

豊川で友と泳ぎし記述あり昭和十八年の中野日記に

憲法公布特配の酒は二合だった

二度三度酌みて日暮れがもう迫る残りの酒が
まだ五勺ある

くだを巻くために五勺の酒を飲む七十年経っ
ても終わらないくだ

壮年の蹉跌を深く刻みたる中野重治胸像の頬

寒林に枝打つ音が響きたり一人の男の一つの
戦後

葉を脱ぎし銀杏大樹は美しい執りて身を切る
書はうつくしい

（三）去年今年

下仁田葱に力をもらい籠もりたり大つごもり
が追いかけてくる

上弦の月を浮かべて丘陵は照る西壁の街となりたり

大山は年の終わりの影となりスカイラインに一点尖る

手をあわせひとつ打つ鐘遠き世も今も変わらぬ願いの中で

菜を刻む音かつぶしを削る音たぎりはじめる焙烙の音

酌み初めは「春鶯囀」の大吟醸差しつ差されつ今年を招く

常のなき暮らしの丘に舞い初める年々にしてこの年の雪

春隣り

麦踏みのおうなおきなの昔あり二月の丘をな
つかしむ風

肺年齢は大丈夫らしい呼気吸気いまだ冷たき
空へと歩む

一軒の門が掲げてわれは知る紀元節とうむかしの旗日

よみがえる坂田博義『塔事典』にひともと遠
き白樺が立つ

あたらしき一歩が含む遠き水「塔」という字
のなかのアララギ

剪り捨てし梅にふくらむ蕾ありふた枝選び翁が去りぬ

「貝は貝でもお風呂の中にいる貝はなーんだ」

どうやら春の隣りではあるバス停に幼な子と母のむつみ合う声

たんかんを分け合って食む五十年前の童女と
童子にもどり

茂吉忌に龍太忌重ね湯に沈むきさらぎ二十五
日の男

季語をもつ国

遠くにてかなかなの声湧き上がりわれのみが
聴くあかつき方を

樹の声を聴く　若き日の遠景にわれを目守《まも》りし樫の樹の声

戦いがあり立ち尽くす廃墟あり蒼さ無窮の夏空のもと

てのひらに乗りたる石の声を聴く石となりたる夏のあしたを

雨が来て雨が続いて海辺まで凹凸のなき街に目覚める

てのひらに釘を打つ音雨の音いまもさまよう
われらであろう

あや取りは誰としたのか指先に百日紅《ひゃくじっこう》の香り
が残る

樹をあおぐ　こころを空に還すため空の無窮
に応えるために

移ろいの世に歳時記はへつらわずヒロシマは
夏、ナガサキは秋

空を指すあけぼのすぎよ舌頭に千転せよと芭
蕉は言いき

非力なる歌と歩みて五十年非力なる力にこだ
わりながら

強権に確執を醸す……平成のおおかたはその
由来を知らず

うたかたの世とは思えど灯をともすひと日ひ
と日のおみなおのこの

樹を憶う　あけぼのすぎのいただきを青空に
鳴るすずかけの実を

夾竹桃、カンナ、サルビアみな赤し爆心地と
いう季語を持つ国

種まきて待つ

冠雪の農鳥岳と間ノ岳　甲斐の深空《みそら》は雪嶺の
ため

落葉松の針をつまみて手に載せるわれの肩からかたわらの手に

軒下が朱《あけ》に染まりて父母の晩秋初冬の甲州百目

佇めるひとりがあれば歩み寄る一樹燃え立つ
紅葉のもとへ

水澄みて四方に関ある甲斐の国　龍太

風景に言葉添うことうるわしきなかんずく龍
太の水澄める甲斐

どの樹々も素心にもどり空を抱く文学館のつきのき銀杏

礼状はペン先Cのパイロット農鳥岳の雪に触れつつ

冬ごもり近き文学館美術館しろたえの富士を
彼方に置きて

キヨスクでビールとナッツつつがなく甲斐が
嶺を去る夕雲男

三番をこころで歌う午後五時の甲府の空に
「故郷」が響《な》る

ひまわりの種まきて待つそっと待つ多摩丘陵
に小鳥の冬を

本をめぐるもの想い

青春のこころざしあり孤独あり神保町の古書店の棚

リュックサック担い直して歩む街レミオロメンの「粉雪」が舞う

人恋うる孤独に近き空ありて電車待つ間の二分を仰ぐ

晶子には鉄幹、寛には晶子有無を言わせぬ歌の近代

選ぶということの不可思議なかんずく自選歌集の『みだれ髪』抄

辞世の歌を「句」と語り出す日の本の日本放送協会のアナが

賜いたる人もう居らず『フィールドガイド日本の野鳥』机上に残る

往来に声が生まれて雨あがる海坂藩の夕空だろう

戦後七十年目の夏に

紫陽花の毬が色づき雨季深し父は寡黙な一生《ひとよ》
であった

母の背で揺れながら見し花火あり甲府七夕大
空襲の

「積極的」と付く平和主義　レトリックに傾
くときの国を危ぶむ

死にたまふことなかれと願い我が四郎たけく
戦へとも詠いし晶子

敗戦の帰還兵士に字足らずの結句がありて忘
れがたしも

坂の上に七時のバスがさしかかるトーストが
もう香りはじめる

オルガン

ひとり来て花を捧げる　永遠はないがしばしの陽だまりはある

もの思うときの手のひらさしのべるための手のひら繋ぐてのひら

オルガンが中世の野に連れてゆくわれは墓標の一つであろう

手のなかに胡桃ふた粒まろばせるふるさと甲斐のよき音がする

生命の40億年裏庭に忘れても咲くがくあじさいが

「週末は山梨にいます」ポスターは望郷という病いでもある

朽ちるものはなにひとつないてのひらを開きて夏の光を受ける

十五万石

日帰りの旅なれどよき伊予の国横顔のまま子
規が迎える

いまも昔の十五万石の城下町のぼさんたちが
駆けて来そうな

まっすぐな言葉がよろしそう説きし子規を語
りて写生に触れず

坂の上で今も大きく手を振って文芸という男の孤独

酒を愛でる歌

ぶつ切りのたこを頼んで燗にする渋谷の雨に
引き留められて

ひとり酌む至福というもなくはなく〆張鶴は
二本目とする

ほろ酔いの木屋町通が思われる共に酌みしは
「蒼空」のはず

甲斐が嶺の「谷桜」、美濃の「三千盛」しんしん沁みる風土の力

日高見ははるけき国にして銘酒夕べの空へとくとく鳴らす

世間からゆっくりゆっくり遠ざかる日の暮れ方をひとり酌むとき

参　うりずん

（平成二十八年〜二十九年）

方舟

平成二十八年・七十二歳

還暦をひとまわり越えめでたしと人は寿ぐさすれば受ける

シジュウカラに向日葵の種われに空メジロに
みかん年が始まる

昭和十九年・零歳

甲斐が嶺に抱かれわれは若き等が親に先立つ
世に生まれけり
（1月）

浅草の阿弥陀如来も疎開する春なり桃をめでたであろう
（4月）

昭和三十一年・十二歳

ギブスからやっと抜け出し地に立ちて小学七年生は歩み始めき

「サイグサには詩を書かせたい」担任のただの気紛れなれど忘れず

昭和四十三年・二十四歳

なんという帰郷であろう阿武隈の水に還りし円谷幸吉
（1月）

賃金論ともかく書きて卒業す早稲田大学政経学部（3月）

沈丁花は卒業の花女々しさもまた大切と小さく香る

叶わざるもろもろありて一つあり信濃四谷駅
の春のホームに

昭和五十五年・三十六歳

十階の水を流して暮らしたり連れ合いを得て
二年後の水

方舟は多分どこかに今もある仙石イエスという時代のイエス　（7月）

ひと組のおみなとおのこ十階のここもこの世の方舟だろう

平成四年・四十八歳

駒の里漁《すなど》りの里は核処理の六ヶ所村へとねじ曲げられき

（3月）

なお癒えぬ病いはあれど青空に翔べといざなう表紙の蝶が

（5月「りとむ」創刊）

八歳と妻と漕ぎゆく自転車は空と地平のサロベツ原野
（7月）

二年後にふっと癒えたる病いあり苦しき苦しき四十代の

平成十六年・六十歳

もう空の人でもあった『夢之記』の山中智恵
子と語る二時間
（3月・鈴鹿）

幾たびも坂をまがりて会いにゆく春の山盧に
飯田龍太に
（3月・境川）

もう酒はあかんのですわ　前さんとほたるを
愛でき黒滝川に
（6月・吉野）

地平線の蜃気楼を見た男山本友一を鎮めつつ
書く
（11月）

平成二十八年・七十二歳

スパークリングワインを抜いて海老を食みや
はりめでたき男のひと日

富士ヶ嶺が浮く夕茜親鸞の絶対他力なお遠け
れど

眉に雪　多摩丘陵が帰りゆくわれらが棄てし
森の時間に

湖水伝説

勝沼に出でてひらける甲斐の国ぶどうもみじの国となりたり

国原へ下る「あずさ」にまず望む甲斐駒地蔵観音薬師

三枝守国建立という伝えあり淡きえにしがあるのかどうか
（大善寺薬師堂）

生きることは祈ること目を閉じること日光月
光菩薩たたずむ

苦しみを持つ者は来て手を合わす遠き光の薬
師如来に

病むことも命のかたち甲斐が嶺に抱かれながらおみなは祈る

遠き世の湖水伝説国原を冬のひかりがあまねく包む

翳りなきあかるさとして素枯れたる一樹一樹も甲斐のみほとけ

遅速あり

あめつちの動く力はしずかにて柳が甲斐の空に点じる

北上川の芽吹きを思う啄木という嘘つきを泣
かせし柳

戻る人職を退く人それぞれのえにしがわれを
励ましもする

三年のわれを支えしおみなごも文学館を去る
春である

農鳥はもう現れる…追いかけて追われて甲斐
の二月三月

草木《そうもく》に人の暮らしに遅速ありて春の光の彼岸
近づく

「とおるちゃんが一番やさしい」亡き母がも
らしし五男筆名浩樹

「たかゆきは間遠だねえ」と病室に嘆きし母
をときに思うも

桃の花咲く明るさや母の知らぬわれを歩みて
十七回忌

うつしみを抱く蒼穹よ胸中に農鳥岳があれば
帰らず

百一歳

みまかりしは雛祭りの日電話にて訃報を告げ
る十日後の声

在りし日の清水房雄氏がよみがえる「私は剣
術使いですから」

問う前にまず問われたり予科練はなんの略か
ご存知ですか

それぞれの戦争を語り世を去りぬ大正生まれの十一人は

文明亡き後を自在に詠いたり老いの嘆きを世の軽薄を

『残吟抄』の後々の空を春《はる》秋《あき》を百一歳はいか
に詠みしか

十六茶二度傾けて目を閉ざす京王線が地下に
入るとき

柏崎驍二に会いにゆく日

歩を止めて遠き雪嶺に身を正す山形駅に降り
立ちしとき

香澄町2の5ほどよきたたずまい日が傾けば
暖簾をくぐる

よき酒がよき酔いを呼ぶみちのくの明日は亡
き人に会いにゆく旅

ほろ酔いを超えそうになる人の技「十四代」
の吟醸を酌む

水張田となりてととのう出羽の国かなたに雪
の月山を置き

桐が咲きイヌシデが萌え樹も草もみな走り出す茂吉の里は

第二十七回斎藤茂吉短歌文学賞贈呈式

地に根ざす歌そして生みちのくの『北窓集』のこころを語る

「おくりびと」をチェロが奏でるやわらかな
五月の風となりし一人へ

茂吉翁のねぎらう声が届きたりみちのくの濃
き樹々の奥から

亡き人もかたわらに来て語りだす命の濃さを壊れやすさを

雪嶺の月山蔵王みちのくは青葉若葉の燃えさかる国

梅をめぐる物語

青梅を二日がかりで捥ぎ尽くす静夫さん家《ち》の後継ぎたちが

梅名人と伝え聞きたる静夫さん来なくなりもう七、八年か

青梅は若き茂吉の恋である女《め》男《お》はこんなに近くて遠い

三十五年前の八丁目

えのころぐさが夏のひかりに揺れていた生産緑地というくさはらに

二年後のある日男が現れて手際正しく苗を植えたり

十六区画に七本ずつの梅が立ちともかく生産
緑地となりぬ

年々に梅が染めゆく丘となる凛と冷たき深空《みそら》
のもとに

ウツクシクメズラシキの略、珍目《ウヅメ》、愛目《ウメ》、語源の外に白梅が咲く

散る梅を流れる雪と見るこころ万葉集巻五の大伴旅人

たいきくんゆきちゃんゆうくん花を縫い追っ
て追われて女男のはじまり

指さして龍太が愛でしはなびらは鹿児島紅梅
甲斐の深空《みそら》の

雪月花の花《か》は梅の花　家持の天平勝宝歌も花
なり
なかんずく『素心蠟梅』『定型の土俵』章一郎
先生の晩年ぞよき

天命となお言うべきか夙の石川啄木二十六歳

黄梅青梅土にこぼして枝枝が空へとそよぐ
丘は夏なり

じっと視て剪定をする歳晩の静夫さんが今も
まならに居る

よきもの

御食国《みけつくに》若狭と古都をつなぎたる鯖街道とう遠き幸あり

賜りし心とともに食みにけり奥吉野紅葉の柿
の葉鮨を

海の幸を山の暮らしが包みたり春の若葉に秋
の紅葉に

鯖はたぶんノルウェー産それはそれこよなき
柿の葉鮨となりたり

人はかくよきものを生む若葉の季紅葉の候に
順いながら

茶の花が小さく咲きぬ「季語よりも季感」龍
太の声が聞こえる

すずかけ——萩原慎一郎へ

歳晩のあけぼのすぎを歩みゆく空におのれを
預けるために

若き死を選びたること是非もなししかししかしと香を焚きたり

空に鳴るすずかけ並木に入りたりあけぼのすぎの簡素を過ぎて

すずかけの鈴が一人を呼び戻すわれは応えて
枯れ葉を払う

みな去りしのちにしずかに問いかける選びし
空を諾いながら

早過ぎたtake offだよ冬枯れの滑走路には夕日が残る

駆け抜けし一人のいのちをわれは生く汝れが知らざる曠野であるが

晩節ということ思う並木道すずかけが鳴らす
鈴の空あり

筋トレ

どら焼きを半分食べるほしいまま降る秋雨の
階下に降りて

ゆくりなく茶飲み話に浮かびたる歌の徳を説
く佐佐木信綱

歌の徳とは忘れられたる徳なれど父の一首を
思うことあり

哀楽を歌にかえたるやすらぎを想いて新聞選
歌を終える

歳月を遠くへだてともに生く五十回忌の油
井則彦と

清々しき五臟六腑となりたりや酒断ちてはや
十日が過ぎぬ

下肢を持つさだめであろうプログラム三つこ
なして筋トレ終える

ひとり汲み流したる水、子育ての水、二人へと戻りたる水

告げる人、うなづく人

走っても世間変わらぬ師走なり甲斐の切《き》っ干《ぽ》し二枚を炙る

身体の不如意が一つ増えたことよき人が二人
世を去りしこと

新しき手帳求めんと降り立ちぬ灯の海人の波
の渋谷に

来る年は下車駅とならぬ駅二つわれも昔となるのであろう

マンボウの北杜夫にも老残を嘆く短歌の日々ありてよき

天頂を翔ぶ白鳥座また人を喪う日々を晩年と
呼ぶ

冬枯れのこの国原に薪を割る音がひびきて年
あらたなり

淡き陽の中に点じる冬芽あり告げる一人とうなずく一人

日々のときじく

（一）沖縄——二〇一七年二月

大田中将の最後の電文が浮かびたりゆいレール
が小禄《おろく》を過ぎゆくときに

「後世特別ノ御高配ヲ」という願い虚空とな
れど人を励ます

パナマ帽アダン葉帽を編む暮らし明治大正の
小禄はウルク

〈学ばんと遠くゆきにし妹の帰る日をなみすぎむ月日か　与那国島・大桝八重子〉

解散命令の後に斃れし一人にて大桝清子の名前忘れず

「沖縄県民斯ク戦ヘリ」「リ」は完了にあらず県民はいまも戦う

海はああ沖縄である干瀬の波淡青の海紺青の海

敗戦も占領もある時を積みさくらは咲きぬ嘉《か》数《かず》高地に

つぼみありほころびるありそれぞれの季節は
ありてそれぞれに咲く

攻防を運命としてそこにある嘉数七〇高地、
二〇三高地

普天間の天に会うため百二十四段一歩一歩を
上がる
〈日本の端《はな》にあらずしてみんなみのま中とし見よわが島沖縄　名嘉真恵美子〉
北へ南へ西へ季節の帆をあげる青き海ありい
にしえ人に

辺野古反対運動の田仲さん

土に生き干瀬にすなどることばなり　あきらめず、めげず、息切れせず

ヒヌク・クンジョウとは〈他人の力を借りず、自分の力で生きていく〉の意とか

他を借りぬこころ危ぶみなお恃むヒヌク・クンジョウのヒヌクは辺野古

今日明日があって三年後があって暮らしは百年のちを待たない

柳田國男『海南小記』の「南波照間」を思い出す

海青し青ければ目を閉じて視る波照間の果ての南波照間

読んで、来て、訊いて、語って、泡盛を飲んで、沖縄はいまなお見えず

（二）多摩丘陵

多摩川の釣り人を見る譲られること多くなる
小田急線に

教育死という死を告げてひなげしに話題を移す朝のニュースが

厚木、横田、夜間飛行差し止め破棄判決が続く

夕星《ゆうずつ》に応えて丘の灯がともるさねさしさがみの日々のときじく

おのこごに教えられたる一つにて春の大曲線
なつかしき

月光の届かぬ沼をさざなみの眠りに遠き空を
持つ国

夕空を切りゆく一機　人間のワザ美しと思うときあり

辺野古の海へ大型コンクリートブロックの投下始まる

二二八個が海を圧し潰すヒヌク・クンジョウの心を砕く

横井伍長の「恥ずかしながら」はこの国が棄てた心の一つであろう

身を反らす琉球島弧押し寄せる海の向こうの力に耐えて

風が辛夷のかおりを含む　丘陵にまた悲喜を
積む春がはじまる

四　またここから

（平成三十年）

肩に降る雪

弔問を終えて視線を遊ばせる光の春が終わりし空へ

投馬国奴国伊都国末盧国大ひしくいも飛び立つ頃か

いつの世の出会いであろう「忘れえぬ女《ひと》」原題は「見知らぬ女」

春の夜の前川佐美雄押しとどめがたき時代の
孤独を思う

みずからに課したる問いが問いを呼びそのよ
うにして肩に降る雪

花びらを追う

木工の原さん漆の関さんが欠けてはじまる今年の市が

手仕事が呼ぶ季節あり藍染めの暖簾よもぎの
コットンバッグ

麦踏みの祖父母を思う草木にこんなに遠きお
のれを思う

忘恩というえにしあり花咲けばゆるむこころ
のあわれなりけり

おのこごが花びらを追う　つかの間という永
遠がまならうらにある

けんこん——囲碁本因坊戦二〇一八年

萩——維新一五〇年

柑橘の町なり白き花が咲き香りがつつむ五月の萩は

ああこんなにご近所さんか松陰に染まりて果てし吉田稔《とし》麿《まろ》

吉田稔麿二十四歳こころざすことなきひと生もあったであろう

こころざしは人を滅ぼす久坂玄瑞二十四歳高杉晋作二十七歳

とは言えど走って走って走り抜く若さ眩しと思うときあり

枇《び》杷《わ》釉《ゆう》のぐいのみに呼び止められて一、二歩
戻る菊屋横町

囲碁本因坊戦第一局（井山本因坊と山下敬吾九段）

てのひらのやわらかきことに驚きぬ本因坊と
握手せしとき
（前夜祭）

挑む者は折り目正しく拭いてゆく盤上という
深き宇宙を

盤上をおのれを鎮め碁笥《ごけ》を置く千手先まで読
み合う前に

一礼をして目を開き打つ初手は右上の「星」
山下九段

われに見えぬ遠き地平を引き寄せて五十一手目初日が終わる

会津——戊辰戦争一五〇年

青空の下の国原磐梯に雪の飯豊《いいで》に目守《まも》られながら

ならぬことはやはりならぬが梅は実りざくろは咲きぬ西軍墓地に

水に流す史があり流せぬ史がありて「和解はしません」市長よろしも

渓流にかじかの声がまじりたり水無月尽の会津の宿に

囲碁本因坊戦第五局

乾坤の一擲としてまず打ちぬ右上小目左上星

左手の指を反らして置く石の攻防はなお所作を尊ぶ

盤上を一手一手と占めてゆくおのれの宇宙呼び寄せるため

産土に花を咲かせる　むらさきのアガパンサスが立ちてゆかしも

青垣が抱《いだ》く会津は人々にいまも息づく藩訓の国

巨樹――日本詩文書作家協会「書と短歌」のコラボ

一本を咲かせる力咲く力根を抱く力根を張る
力

山梨県立美術館創立四十周年賀歌

種をまく　空が広がる　甲斐は交い　美の無窮へとはろばろ歩む

地上の人

平成三十年、日本歌人クラブは創立七十年となる

行きがかりのえにしはありて月ごとの五反田
通いも十年となる

創立は昭和二十三年九月

「奴隷の韻律」『埃吹く街』若きらが親に先立ちし『幸木』の年

みずからに猿轡はめて冬の夜を耐えし佐美雄のすさび忘れず

〈俺のやうなものは短歌ぐらゐが関の山〉洩
らす夜明けの齋藤茂吉

占領が生みしあわれの一つにて菊作りを蔑す
る文化

複雑な世にこそ歌の要は増す　信綱大人《うし》の断言ぞよき

「浅草の観音力《くわんおんりき》もほろび」たる東京を茂吉は歩みはじめき

少なからぬ才能が去り若きが去り短歌は滅びる水際だった

創立への発起人は一八三名

呼びかけし心を今に受け止める　茂吉、柴舟、信綱、空穂

「我らみな俘虜」と空穂は詠いたり長き占領
の解かれたる日に

壊すこと守ることそして創ること虚空に伸ば
す手を思いたり

滅びつつまた生き直す戦中戦後を平成をそして改元の世を

ビル街の五反田に身を狭められなお散りやまぬ大公孫樹あり

是非はない渾身はあるうつせみの地上の人は
影ながく曳く

気仙沼年々——また、ここから*

（一）昼の月——東国二〇一一年三月

三月十一日十四時四十六分、私は東京五反田にいた

棒立ちの三月十日十一日大空襲の、大震災の

一塊のおのれに戻りただ歩く江戸東京の起伏のままに

多摩丘陵の自宅に戻ったのは翌朝

まず眠る頭とこころ、腕と脚、まなこまなうらバラバラにして

映像が幾たびも幾たびも見せつける営みをさらう黒い力を

何処にいるのか晃は晃の父は母は煙雲館の鮎貝さんは

なお街をのみこみながら大島へ海を奔れる夜
の炎あり

もうニュースは消しておのれに戻りたり非力
な非力な言葉のために

幼馴染みが新婚の夫を捜してました　高橋晃のメール一通

黄砂、雪、粉塵、見えぬ天の意志、霏霏として降る　てのひらに受く

昼の月に歩みを止めるすぐそばの辛苦からわれはこんなに遠い

（二）枝垂れ桜――気仙沼二〇一一年

気仙沼の落合直文生家鮎貝家は海抜二十二メートルの高台にある

そこにきて止まりたる海　秋明菊がとりわけ白き庭であったが

三月十一日は七日月だった

直文が母の背中で眺めたるまろさへ夜々を移りゆく月

駅前に打ち上げられた巨大漁船は三三〇トン

月光が夜ごとに洗う唐桑の瓦礫の上の共徳丸を

鮎貝家当主文子さん
まだ咲かぬ枝垂れ桜に目を移し「斎藤さんは
いまも詠めない」

小野寺さんの多き町なり志穂ちゃん来実ちゃ
ん裕仁君美香さん浩さんコトさん

ラーメンにふかひれがのる港町魚町ありて魚
浜町あり

上弦が下弦へ朔へ移りゆく日々の破片を置き
去りにして

（三）　クロネコ――多摩丘陵二〇一三年

わが知らぬ秋あるらしく青空へ鼻をうごかす
隣家の犬が

共徳丸解体は二〇一三年十月

クレーンが吊り上げてゆく船首あり思いさま
ざまな空の無窮へ

クロネコがサンマを売りに訪れる気仙沼支援の一つと説きて

（四）秋明菊——気仙沼二〇一四年秋

萩香る落合直文記念館未定となりて三年過ぎぬ

七年前の秋明菊が咲いている煙雲館の玄関前
に
見えないはずの海が広がる営みが根こそぎと
なりし町の彼方に

九月二十八日、落合直文全国短歌大会で高校生に伝える

与謝野晶子に鉄幹ありて鉄幹に直文ありて歌がはじまる

今日はああこんなにしずかな沖である秋の彼岸の光を抱きて

来る人が少なくなったと嘆く人　共徳丸が消
えた港に

日本酒醸造所男山の本店は三階建てだった

半身が沈んでもなお踏ん張ってげに名に相応
う男山なり

土を積む暮らしを消して土を積むなお積み上げて人は生きゆく

いくたびか聞きここに聞く漆黒の地上をつつむかの夜の星を

こんなにも涙もろかったのか花は咲く咲くと
奏でる若きの弦に

この浜によみがえるべし少年の少女の祖父の
祖母の足跡

（五）笹かまぼこ——気仙沼二〇一八年秋

土くれに還りたる町海の力機械の力を見せつけながら

安《あん》波《ば》山《やま》に見つめる市街七年の日々を重ねていまもこれから

背を空へ競い十二階十三階十階十階九階五階
（復興住宅）

あの本店は撤去された
一階を沈めてもなお踏ん張りし男山は今もまならうらに立つ

新しき構えとなりてあさひ鮨変わらぬまぐろ
シャリ雲丹穴子

町一つ攫いし海が遠く照り花が咲く今年も煙
雲館に

秋明菊は天上の花人々の粒々辛苦の外に咲く
白

七階に五階に夕べの灯がともる八年前の窓で
もあろう

男山蒼天伝を酌み交わす握手してハグして歌を語って

機械力専制の町潮風の気仙沼は縦横に剝き出しに

積み上げて防潮堤と生きる町祖父らが知らぬ
景となる町

二〇一八年十月、発表は去年と変わらず

行方不明者二一五人この町は祈りの数を歩み
続ける

死者一〇三三人、関連死一〇八人

青春の、子を抱く日々の、晩年の　届かぬまの青空がある

校庭のゴールポストがなつかしい冬枯れの芝の香がなつかしい

あした食む笹かまぼこのやわらかさ海がみえ
なくなる町に来て

＊「また、ここから」は気仙沼市立大島小学校三年の小野寺駿輔君のことば
（三陸新報社『巨震激流』）

あんずの日々、金木犀の日々——平成じぶん歌

元年六月　天安門事件

最初から廃墟であった青空の人民共和国という夢

同年夏　浅間リゾート、息子に自転車乗りを教える

離すなよ離すなよとくり返す疾うにひとりで
漕いでいるのに

二年　息子が千代ヶ丘小学校に入学

手をつなぎ桜の花をくぐりゆくおのこめのこ
の学びの一歩

三年　学校で「君が代」斉唱論議頻発

横町のおじいさんをも言祝いでよき「君」で
ある「君が代」の「君」は

四年　歌誌「りとむ」創刊

うたびとの病いでもあろうはつ夏の空に飛び
立つ青き蝶あり

五年　高血圧の薬服用を始める

てのひらに一錠のせるあめつちの金木犀が散り敷くあした

六年　跡見学園女子大学に通いはじめる

それはそれはしずかに語りかける人　われを誘いし川平ひとし

七年　この夏、病状回復

不惑不惑とわれを苦しめ気まぐれのように去りたる病いありたり

八年　現代歌人集会で山中智恵子氏と公開対談

問うたびに謎が深まる空の人こよなし歌はその生き方は

九年　神奈川新聞夫婦紹介シリーズ「ふたり」

近しさも遠さも多分深まりて庭に今年のあんずが実る

十年　福岡、解体が進む平和台球場を見守る

豊田が打ち中西が打ち大下が打ち神様仏様の稲尾が投げて

十一年　国際啄木学会天理大会パネル討論

どこまでが実人生か問い問われ研究の意志、
創作の勘

十二年四月、母ふじ子死去

玄関にわれを迎えて告げにけり妻と息子が母
の他界を

十三年　山梨日日新聞寄稿甲州街道四〇〇年

笹子峠大垂水峠なお越えて国を出でゆく甲斐は交《か》いなり

十四年　筑波大学学園祭で今野とプリクラを撮る

頬笑んでピースなどしてプリクラはベストカップルのつもりにさせる

十五年　長崎、竹山広インタビュー

黒い雨が気持ちよかった　われが忘れ妻が心
に刻みし逸話

十六年　前登志夫さんと黒滝で螢を楽しむ

本当の闇ありて螢が火を点しわれらはともに
川となりたり

十七年　ＮＨＫ短歌、ゲストの澤地久枝さんはリハーサルと気付かなかった

本番であるべきだった　若者に向けた一回限りの叱咤

十八年四月　阪神競馬場、未勝利馬レースで万馬券

第四コーナー回りて競いあう群れをわれに応えて抜け出す一騎

十九年二月　飯田龍太師逝去

今朝咲きし辛夷の白さ連嶺の雪の厳しさ　龍太身罷る

二十年十二月　サントリーホール「メサイア」

青空の奥処《おくど》へ昇りつめてゆくソプラノという こいねがう声

二十一年一月　紅野敏郎先生「生前お別れの会」

心配りの人だった厳しい人だった歌を大切に
した人だった

二十二年　菱川和子氏と新宿で会食

まだ青きわれを知りたるこの人を支えるべし
と声が聞こえる

二十三年　東日本大震災

東京は上り下りの坂の街歩いて歩いて足が教える

二十四年　愛車ルイガノ禁止令が連れ合いから出る

息子からのプレゼントだし筋トレにもなるし転倒は一度だけだし

二十五年四月　山梨県立文学館初出勤

いつくしき雪嶺が待つ龍太が待つ洟垂れ小僧の遠き日が待つ

二十六年　山梨県立文学館村岡花子展

一枚の写真を掲ぐ朝ドラには居ない恩師の佐佐木信綱

二十七年　関宮の山田風太郎記念館で講話『同日同刻』

一日を一刻を拾いあげてゆくかの戦争を見尽
くすために

二十八年　花巻、イギリス海岸

みちのくの深部へ命のみなもとへなお溯る鮭
の群れあり

三十年　三枝昂之七十四歳、多摩丘陵のうねりを眺めながら

「知の体力」を説く新書ありああそうだそう
なのだ知も体力なのだ

三十一年　梅がほころびはじめた

一輪が一輪を呼ぶ樹の力花の力に丘は目覚め
る

あとがき

尾根筋にあるわが家を出て多摩丘陵を歩く。仕事の一つでもあると思って、夕日が丹沢山地に沈む頃に歩きはじめる。年の初めの今頃なら十七時前後となるが、茜色のスカイラインに目を遊ばせながら歩く。雨降山《あふりさん》とも呼ばれ相模湾の漁師たちの目安となった大山の頂が見よと尖り、山々の彼方に聳える富士の姿正しいシルエットは〈束の間の永遠〉と感じさせる。

三月の声を聞く頃には歩き始めるのが三十分ほど遅くなるだろう。変わることのない風景でありながら、こうして日々の暮らしに小さな遅速が生まれる。

本書は私の第十三歌集にあたるが、前の十二歌集『それぞれの桜』と制作時期が重なっている。第十一歌集『上弦下弦』には平成二十一年までの作品を収めており、それ以降の作品を整理すると次のようになる。

・『それぞれの桜』――「現代短歌」平成二十五年から二十七年の連載作品、及び二十二年から二十七年までの「りとむ」掲載作品。

・本歌集――それ以外の平成二十二年から三十年の作品。

つまりこの歌集には九年間の作品が収められている。四つの章立ては大づかみな編年体だが、「気仙沼年々」には東日本大震災から二〇一八年秋までのあの地を見つめ続けた八年間の折々が流れている。

表題についてひと言添えておくと、飯田龍太最終句集が『遅速』だが、あの名句集をそのまま借用する勇気は私にもない。「あり」と動詞を添えて少々動きを加えた拙い工夫を龍太師は苦笑なさっておられるだろう。

この歌集は多くの人々に支えられて世に出る。版元砂子屋書房の田村雅之氏には時代が騒がしかった一九六〇年代末の同人誌「反措定」の頃から多くの刺激を受け、励まされてきた。この歌集の作品整理ができないままの私を「平成のうちに」と何度も背中を押してくれたのも田村氏だった。装幀の倉本修氏には第七歌集『甲州百目』を支えていただいた。氏の手になる久しぶりの一冊を楽しみにしている。

作品発表の機会をいただいた各誌紙編集の方々、歌誌「りとむ」の仲間たち、そして多くの友人たちにも心からの感謝を伝えたい。

〈平らかに成る〉という願いをこめた平成という時代は多くの人々の懸命と真摯にもかかわらず、災害と劣化する政治の時代として終わろうとしている。そうした困難がこの歌集には遠く近く反映している。

平成三十一年一月二十七日

三枝昂之

歌集　遅速あり　りとむコレクション109

二〇一九年四月二〇日初版発行

著　者　三枝昻之
神奈川県川崎市麻生区千代ヶ丘八―二三―七（〒二一五―〇〇〇五）

発行者　田村雅之
発行所　砂子屋書房
東京都千代田区内神田三―四―七（〒一〇一―〇〇四七）
電話　〇三―三二五六―四七〇八　振替　〇〇一三〇―二―九七六三一
URL http://www.sunagoya.com

組　版　はあどわあく
印　刷　長野印刷商工株式会社
製　本　渋谷文泉閣